歌集

ひかりの作法

三枝むつみ

角川書店

ひかりの作法　目次

I

Ⅱ

Ⅲ

装幀　小島真樹

歌集　ひかりの作法

三枝むつみ

I

風吹く絵

雨上がりひかりの作法に虹のいづ地上のいたみ吸ひてにじめり

窓のごと開けて風吹く絵に入りぬサント・ヴィクトワール山の青さへ

動きゆくもののごとくに聞いてをり明日の日の出の時刻　北から

日の変はる直前をまだ明日と言ひ金色の道来るものを待つ

ネパールの料理店の扉開いてゐて極彩色の象の神笑む

そにどりの青さをたたへ月高し冱え冱えと北半球のうへ

深き闇曲がることなくシーツへと差し来し月の光皺ばむ

夏の大三角

新婚の海辺の町より二度越しぬ夏の大三角を結ぶごとくに

永住はあるかと二十歳《はたとせ》丘の上《へ》のうす紅ねむの花の咲きだす

青空へ帰るやうなる坂の家目を上げ娘とのぼりゆきたり

横浜のチベットそれは本当で標高60m眺めの良くて

区の名前富士見も候補でありし地に住まへばひねもす富士山の見ゆ

「のぞみ」から丘陵埋める家々が西友が見えありふれた町

畠山重忠《しげただ》が尾根道馬を馳せし日の富士に煙のたなびきゐにけむ

夏の富士けしむらさきに霞みたり青色系は遠さの証し

夜の路地に見るバス通り路地の巾だけが明るく人びと過る

新幹線の白きからだの抜くる景　定点放映す地元テレビは

ぬばたまの夢の新宿直通ぞ相鉄車輛ネイビーブルー

新宿駅にこの秋からは停まりたる相鉄線に行きて帰りて

夕どりとなりて帰れるわが翼風切り羽を座席にたたまむ

さねさし相模相鉄線のとある駅ふたまたがはーの声に降りゆく

自転車

隣人が土地を売りたり境界に赤鋲打たれマンションが建つ

屋根付きの門も壊され建設が始まる瞋《いか》りのちを諦む

掘削機入りて三日目褐色の濡れ髪のやうな古層見えたり

大空に伸びるクレーンは馬の顔馬衘《はみ》の鋼索《ロープ》を垂らし嘶く

地に　∞　銀輪に描き現場から事務所へ帰る青年のをり

目にしたる仕種にむかしをおもひゐつ黒い自転車と赤い自転車

起重機の太き轍の踏み跡もしろく乾きぬ盆の休みは

萩寺へ

錦糸町大路小路の見通しの良さは明暦大火の訓とぞ

萩寺へひたすら歩むわが発意　落合直文の石碑を見むと

スカイツリー隠れては見え萩寺へ横十間といふ川に沿ふ

藍白に清く聳ゆるスカイツリー反りを見せるは江戸の粋だと

もう萩は散つてさびしい萩寺の大屋根を一羽青鷺あゆむ

悠然と青鷺羽を打ちならし背後のスカイツリーかたなし

萩寺を奥津城どころと定めむと直文詠みき萩好みしよ

直文の和歌革新に自が行く手見し*柴舟は師と仰ぎたり

*尾上柴舟・「水甕」創始者

同門の鉄幹と柴舟庭に立ち歌のゆくへを語りもせしか

「あさ香社」の個性尊ぶその教へ柴舟は継ぎ「おのがじし」生む

直文の石碑戦火に割れたるを水甕挙《こぞ》り復元したり

寅年

半券とふ過去の切れ端はらり落つ１９９８「ケルト美術展」

二巡りまへの寅年よみがへる展示室のほの暗さまで

水彩をゑがく速さに濡れてゆく街の路地裏いそぐ猫をり

心が虎になること切に嘆きたる李*徴よけものの聖性やどせ

＊中島敦『山月記』

九十分で地球をまはる宇宙船おもへば頭上を渦巻きのぼる

初春の虎冠のめでたさにこころして書く虎嘯風生

柴舟の夫人は登良子をりをりに「とらこ、とらや」と呼び給ひしや

水陽炎

冬枯れの林にうかぶ宿り木のこずゑ明かるくもう春の空

枝を引かばきつと纏るる宿り木よゆくらゆくらと黄緑の玉

春一番の風に煽られ歩む影あたまに宿り木生やすわたしは

ナルキッソスが絵画の発明者と記す『絵画論』ありルネサンス期の

鎌倉の県立近代美術館六十五年を閉づる日近し

八幡宮池畔に白き美術館その地は借地　いつそ飛び立て

設計者はル・コルビュジエに師事したる坂倉準三思想を継げり

モダニズム建築の粋ピロティを支ふるＨ鋼の美しき垂線

平家池に迫り出すテラス光降る水陽炎の廊でありたり

現代の眼から捉へる近代をと館長土方《ひぢかた》定一炯眼なりし

立ちあがり芸をする虎仏めき「サーカスの景」古賀春江遺作

三十代の川端《かはばた》康成書ける「末期の眼」古賀の死に際濃やかなりぬ

動坂に古賀、下谷に川端近く住み犬好きふたりに友情通ふ

「サーカスの景」は川端の寄贈なり自室に掛けて愛しみをりき

自画像に画家たちの眼はけはしかり二十世紀の戦前戦後を

帰り来て石鹸の泡立たざるは何に触れしか　夜の顔上ぐ

更地とふ寂しきひかりの黒土に隣家の木から夏蜜柑落つ

大地震の夜

毎月の十一日は校正日あさから八丁堀に詰めゐき

床が揺れ壁が撓みて机にすがる地球ひづむ瞬衝撃烈し

大通り埋め尽くした人の群れ灯の無く表情見えず凄まじ

帰れずに事務所の椅子に夜を過ごす東北の被害知らず明けたり

男らが牛丼屋へと立ち並ぶ地震に遭ひたる背広のままに

新幹線は動くを知りて切符買ふ新横浜まで自由席ください

先頭へ走れば車体の線青くマザーテレサの頭巾を思ひき

*

夜の道に燐寸擦る男の顔に浮くプロメテウスの手捻りの跡

節電の駅構内は上京のころの暗さぞ躓きやすし

夜の更けを娘が松葉杖突く音のわづか左右のずれるを聴きつ

ギプス取れリハビリに娘は精尽くすてんでに逃ぐる教へ聞きつつ

丘陵の風と折り合ひ旗のごと干すティーシャツは白ばかりなり

擦れちがふひとびとの眼《まなこ》風に濡れ今朝揚がりたる魚のうろくづ

桜魚、鮎の名前のかはる季　壽櫻院とぞ妣の名前も

言触れのごとく余震は過ぎてゆきあぢさゐききやう青く咲きつぐ

滋養とて歳晩に食ぶる粥に入る救荒作物の稗、粟、甘藷

年明けて冬ざれの枝にのこる実は黒く裂けたる柘榴なりけり

雪晴れに茶匙一杯のねばる蜜一生《ひとよ》に蜂の集むる量とふ

白き神域

阿武隈川くねり流るる流域の中通りとぞ苦しむ大地

秋の陽に吾妻連峰照り映えて葡萄いろなり　福島に来つ

白土に駅周辺は覆はれて除染後を白き神域とあり

そこここに線量計の羽根回る高さをやはき五歳にあはせ

ホールボディカウンターよりひよつこりと顔をいだすは座敷童子か

濃霧注意に続きて流る「福島市毎時０・７７マイクロシーベルト」

岩肌の祠に朝日差しゐたり一切経山厳かな山

福島は父母新婚の土地なりて思ひ出ばなし聞き育ちきぬ

母笑ひ父はへの字に口結ぶ会津磐梯山登山の写真

蛇腹式マスクの裡に憤り地母神のごとし武藤類子は

汚染せし粗皮は春に刮《こそ》ぎしと果樹園の主が差し出す一顆

風とらへ旋回する鳶　一号機爆発の日は風下なりき

わがうたの初期に詠みたるベラルーシ売れないミルク飲む少女ゐて

群れとべるアキアカネ草にわが靴にとまり平たく羽を緩める

安全と言ひくるめくる国側に東北の鬼とし老爺は立てり

八方睨み鳳凰図

北斎の天井絵ある岩松院信州小布施にくぐる山門

大広間二十一畳に人のみな仰ぐ天井は北斎肉筆

見上げたる「八方睨み鳳凰図」辰砂の赤があざやかにして

右側の眼ひとつがじつと視るその半眼に射すくめられたり

揺れてゐた臙脂の菊はいちはやく暮色に沈みもう帰らうか

ラチエン通り

茅ヶ崎のラチエン通りまつすぐに開高健の記念館訪ふ

『夏の闇』一冊携へ門に立つ入つてよいか木の扉ノックす

塗り潰し直す手書きの原稿に彫心鏤骨の背中が見える

吹き抜けは森羅万象につづく洞　開高健が胡座に座る

ベトコンに撃ち抜かれざるヘルメット　メメントモリと傍に置く

水仙はベトナム帰りの開高に黄にひらめける灯なりき

テラコッタの壁泉あれど獅子の口みづの通はず白茶けてをり

留守中に死んだ愛猫キンちゃんを剥製にせし詩人の妻は

「かいこおさん」こゑやはらかきボランティア帰りし夜は野生跋扈す

松籟をききつつリール、釣り竿は没後三十年蒼古のさなか

ラチエン通り海へ向かへば烏帽子岩まばたくたびに岩影濃くす

夏空の昼月あをしするどき眼ベビーフェイスに笑つてゐたな

海原を二手に分かるる波頭沖へと攫ふ離岸流近し

蜻蛉

妹に委ねむと姑《はは》を送る日のベイブリッジに湾の蒼かり

空港の熊本行きの道ながし歩きおほせず車椅子に乗す

庭隅の躑躅が紅し姑このみ食みし浅蜊の殻積むところ

貝殻の縞は細かき波のあと人住まはねばいつか貝塚

垣をなす白き野茨の花ざかりこの家に死ぬと姑思ひしか

＊

不知火の海は暑さに霞みたり羽田を発ちてその日の午後を

蝶よりも棲息に聡き蜻蛉がツイーと飛べり姑住む施設に

中庭の大樹は桜この春をながめし姑の肩に手を置く

夏の陽にしろじろと凪ぐ不知火の干潟に足差し鷺が漁る

鳥どちも潮の満ち干に生きてをり石牟礼道子の鎮める海に

立ち寄りし道の駅はマーケット暮しがはづむ　よかばい、ごたる

水槽の底を横這ふワタリガニ小雨模様の今朝を獲られて

ワタリガニの味噌汁飲みし佐渡島ジェットフォイルに渡る日ありき

なつぞらに風切り羽をひろげては扇のやうに鳶旋回す

江戸切子

週間天気予報に傘のマークなし退職の日の金曜は晴れ

さりげなく然うさりげなく送り出し後ろ背みゆる二階に上る

同僚のふたりからある夜渡さるる四角い箱の持ち重りする

薄紙をほのかに透けるは江戸切子　長く待ちゐし光かしれず

もみぢ葉を上枝《ほつえ》に取りてくれるひと落葉で良いのに私ならば

青空の真下歩きし丸眼鏡蔓をたたみてお休みけふは

水鳥

青空と高層マンション上階を水面にうつし多摩川流る

白鷺が飛び立ち黒き鵜がもぐり岸辺にひとは雑色に立つ

バードよｂｉｒｄ　その脚のごと膝までの長靴を履き寄りゆく岸辺

満月のあかるき面を旅客機が黒きクルスと嵌るたまさか

刻刻と進む旅客機におほぞらはつね断崖とたちはだかりつ

地球儀に時差をすべらす指なりぬシンガポールとの六十分を

北の窓南の窓と行き来して水鳥だつた五階に住みし日

Ⅱ

黄の蜂はたれ

万巻の書のとぢゆける響きせり　庭先にたふれ兄の逝きたり

さびしげに何か言ひたげな表情す「ありがとうお別れね」わづか言ひ得て

焼香は読経さなかをすすみゆくコロナ禍ゆゑにときを繰り上げ

ししむらの火に透き拡散する空の小春日をとぶ黄の蜂はたれ

東京で兄と暮らせば友ら来ぬ仏文美学経済法科の

蒼き夜のサルトル談義の片隅にひざかかへ聞くいもうとわれは

ノンポリにあれど新宿騒乱の夜を帰らず聞けばバイトと

転科まへブルトンの表紙照りゐたり隣家の木槿みおろす部屋に

落葉松の芽吹ける都市へ教員の職えて発ちぬ振りかへらざり

竹林に日がさしてゐる十七のきみは語つた朔太郎の詩を

どこまでも青空ふかく揚げ雲雀チョークの粉を受けし一世よ

橋板の一枚はづれぽつかりと太虚みるかな千曲さざなみ

風の巣

冬空の深さにこころ定まりつ行きたい処は風の竹林

毛ごろもを足元に穿く今年竹みどりの幹に節目の白し

光速で銀河を走る中有とぞ風となるまで走りつづけて

手の平に押せば力は伝ひゆく上へ上へと竹は撓へり

竹の穂が風と遊びて針降らす墓碑銘に文字こくこく散らし

音を立て通りすぎゆく木枯しのあてどなきさま見えざれど聴く

吹きたまる枯草渦を巻き始む砂粒まじり風の巣のごと

足早に地上去り行く後ろ背に一日きよらに初雪の降る

赤き実をくつきり銜へるくちばしの冬はつとめて雪降る枝に

波頭くづるる白さ潮吸ふと緑鳩《あをばと》のいのち猛く降下す

生れ月の睦月に出づる蕗の薹　晩年が苦くかがやいてゐる

床の上にひとつぶ転ぶ黒豆の甲虫のひかり背にやどせり

子規の曼荼羅

丘の上の文学館へゆく道は過去へ近づきたちかへる道

薔薇祭の人垣を抜け子規展へ針やはらかにと詠みし人はも

ノボールの雅号や如何に足立たばまりを投げたし　幼名升

襖の模様は五七鬼桐紋ならめいつときも子規を見捨てざらむよ

曼荼羅は畳に敷かれ納戸いろ厚みを持ちて子規屈むごと

雲行き

雲行きと連れだちてゆく千鳥ヶ淵　地上に花敷き一帯白し

駅を出で千鳥ヶ淵へ向かふ坂　下る地勢に足は運ばる

花見には花見あられを買ふならひ火葬のほかは思はざらむよ

雲の間をもるるひかりに夕ざくら無意識のいろピンク帯びたり

暗暗と桜前線押しあぐる風奔りたり濠みづのうへ

ポスターの茂吉の黒眼焦点を結ばざるごと春宵ふかし

しびびいと鳴らしし烏野豌豆が中野区野方の草生に実る

草生にはひつそり時が吹いてをり蒲公英の茎を蟻上りくる

藁色の竹の枯れ葉がやはらかく積む竹の秋　われ林住期

皮剝けば層あらはるる筍は多重言語の塔にも似たり

超高層タワーの散らしをカバーにす経年劣化の図書館蔵書に

スーパームーン

子の渡航近づく六月昇りくるスーパームーン水のいろして

ドン・キホーテの監視カメラにひるがへりひるがへり飛ぶことしの燕

子の向かふシンガポールは星港　星はｘｉｎｇと燕が教ふ

収容所描く水彩いちまいが我が棚にあり俘虜たりし父

途上にて墜ちざる燕、父帰り六十八度目の夏がまた来る

紫禁城巻きゐし煙霧日本に押し寄せ色なす空柴《うつぶし》いろに

米中の首脳上着を脱ぎをればベルト艶めき力を持てり

咲きのぼる女像列柱《カリアティード》か立葵夏のゆふべの水を纏へり

カルダモン色

太陽のじりじり熱し海原のいづへにか生れ雷鳴とどろく

子が住めばシンガポールは匂ひたつ父征きしさへはろばろとして

ビルの間に沈める樹々の浮かび来る赤道直下たちまちに明け

朝窓をひらけば飛び去る鳥のかげホエアーと鳴きハワユーと鳴く

屋根のなき二階建てバスに雨を浴ぶあたたかき雨父も濡れしか

鳶色のロミー・シュナイダー似と隣り座す国別ガイド互ひに聞きて

熱気と湿気、皮脂と感情溶かしこみ雨後の川水カルダモン色

くにつちは島いくつかにひとびとの高く住まふも国家戦略

敗戦の近づく昭和十九年　*昭南島へ父出征す

*占領したシンガポールの日本名

二文字づつ意味を読み取る「日本佔領時期死難人民紀念碑」

赤黒く闇に吊らるる自転車は「銀輪部隊」*思はず竦む

*シンガポール国立博物館歴史ギャラリーの展示室

日本を愧ぢて噤めどほんたうは隠し通したたし日本人われを

相席の翁は声をかけくるるカヤトーストと卵の食べ方

赤道直下をひらと葉は降る広島へオバマ来る日の明らけき夜

ホエアーと鳴いてゐたのは鬼郭公すがた見えねど口笛かへす

空港に土産の蘭の花束を購ひたり旅の最後にせしこと

蘭ひらき三日、　七日目うひうひし子の日齢をかぞへし日ありき

霧の道

霧の道を一瞬光り折れゆけりトラックに白毛が揺れてゐたのだ

霧のまく笹子峠はクマザサのざわざわ生ひて一本杉立つ

日曜日六時は母の逝きし刻されば「笑点」よすがとしたり

落語家の身の芯ふつと右を向き清貧滲む長屋の女房

デイパックに菖蒲の葉先つんと出で両手の空いた男の買ひ物

出窓に鼻をひくひくさせて聴いてゐる草生の匂ひはこぶ緑雨を

一夏《いちげ》

手を触れぬ付け根に緑青吹く把手押し出でくれば燦燦と日は

抱一の「夏秋草図」にとどまりし葛の葉裏のうすみどりいろ

野分過ぎひるがへる葉のあひに見る葛の花まだむらさき帯びず

ぎいんぎいんと一夏のさなか春蟬のこゑの降る谷まぶしかりけり

巻き込まれた日本人は居ませんと一言足さる他国のテロに

アカンサス群立ち咲きてディズニーシーおのづと国籍紛れゆきたり

理科の眼に夫は深き色あひの海を指したり染めたる水と

戻りたきあの日に出会へぬ遊園地花火の揚がる夜まで待つて

オバマ習の首脳会談に見入る我がナショナリズムに日照雨降る昼

夏の層

ふるさとのブランド桃の「川中島」兄亡き夏を送られて来る

扇状地川中島は古戦場　かはかぜ遊び桃の実の生る

素の足に踏めば涼しき風の吹く畳の部屋に桃の箱置く

きやうだいが品物贈り合ふことの喜ばしけれど何処かが淋し

まつはれる蜻蛉は坂を下らざり分去れのごと空へ離れゆく

むらさきに幕電走るが遠く見え奥多摩の沢雨中なるべし

雨雲の層は幾重に波立ちて山を壊しし水は臭ふと

橋脚を侵し荒ぶる多摩川の流れは眠りの際も已まざり

点描

二人連れが交はす囁き　ゴッホの死近づきゐたる絵を前にして

オーヴェールの麦畑黄に波打てり死の七月を太くせはしく

灰色のフェルト帽被る自画像の口髭顎鬚草紅葉せり

自画像のバックは群青　星々の日周運動渦巻きてをり

秋深み点描のタッチ奥まりてもみづる樹影かたどる桜

つゆじもの寒さにうたれ桜葉の全きかたちひとつだになし

目の前を散りし楓の葉をひろふ落ちたばかりの葉柄若し

昨夜の雨枯れ葉をしづめ上澄みぬそは秋の水鶺鴒が寄る

ビル影のホームに並ぶ後方の人の貌へと日は差しはじむ

網棚に葡萄の箱が忘れらる秋の信濃路を行きたる人か

Ⅲ

無《む》罪《つみ》

かたはらを過ぎゆくバスの後部席　馬上の高さにミモザ見えゐむ

紙魚《しみ》走るブラッドベリを曝さむと閉ざされし日々へ窓をひらきぬ

華氏４５１度に本は死ぬされど決してみづから燃えず

『罪と罰』高二に読みて青さから無罪《むつみ》と書けり奥付の横に

リネンの端をきつちりマットに折り込みし感触はつづく慎ましきもの

南洋に上昇気流あるる朝とほくわたしは頭痛をおこす

水抜きの孔を這ひ出で根付きたる鉢植ゑユッカはもう動かせぬ

街灯のひかり洩れきてフルートの細さに影を落としてゐたり

初夏の広島

広島駅のコインロッカー閉ざされて身に荷の重く市中を歩く

バラク氏を広島は待つアメリカの大統領の初の訪問を

広島に雨が降り出す人びとはそれぞれに傘ひらきては差す

路面電車に川を越えれば電停の「原爆ドーム前」は近づく

機動隊が相生橋に待機せり原爆投下の目印の橋

干潮の元安川の岸壁に富士壺黒くびつしりと付く

原爆ドーム薄桃色に立ちてをり灰色の印象長くありしが

資料館は中高生で溢れたりかの日勤労の子らと同年

帽子、服、ゲートル着ける一体は少年三人《みたり》の遺留の品寄す

展示を前に顔おほふ友かばひ去る女子中学生ら　目にせしは何

「平和の灯」細雨を裂きて燃えつづく焼き滅ぼしし果ての一火と

慰霊碑の先に原爆ドームありこの場所に立ち見よ忘るなと

学生ら集合写真に照れて笑みまた群れてゆく初夏の広島

ラオコーンの苦

さざんくわを散らしし風の夕に飲む玉屏風散碗にぬくめて

草の道ふむよろこびに続く沼ことしも来てゐる金黒羽白

はぐれ浮く一羽へ届けと麺麭投げる若き母親しばし忘我の

世紀末生きる不安のありしこと茫茫と忘れ新世紀はや

区役所の朝顔枯れて晩秋はフェンスの錆を見つつすぎゆく

秋ごとに切り詰めらるる櫸木の幹の捻ぢれてラオコーンの苦

百年前のパリ郊外の楡老樹われ見るかぎり版画*に生きる

*長谷川潔版画「ニレの老樹」

犬枇杷の父の忌参《さん》五、十五日　ははそばの参《さん》九、二十七日

「*石川はふびんな奴だ」わが旧姓ある歌読めば兄を思へり

*石川啄木『悲しき玩具』

霜月の三日に逝きし兄の声　明治節だと講釈きこゆ

眼の奥に消えぬまたたき黄の光こずゑこずゑのシナノゴールド

さりさりと繰り返さるる林檎剝く音と湖水に寄する細波

岡井氏の辞世の「あばな」親しもよ故郷信濃の別るる言葉

豆腐工房

阿佐ケ谷を過ぎて戸建ての街並に杉、欅見ゆ　むかし住みし地

なつかしき武蔵野の景も遠ざかり「特急あずさ」速度はやめる

早春の八《や》ケ《つ》岳山麓に降り立ちぬ豆腐工房の友を訪ひ来て

木綿しか作らぬと聞けばさうだらう絹の歯ざはり君になかりき

水槽に豆腐まつすぐに断つ作業手は荒れぬとぞ心根もさうか

地下水を掘り当てし日を語りつつ寒くないかと薪足しくるる

苦汁《にがり》とは海水の母液と聴いてゐる乳含まする苦さを思ふ

遠見ゆる赤石御嶽飛騨の美し自慢の夕焼け始まつてゐる

家族日誌

死者多きイタリアの街鳩たちが毛羽立ち屯す人を恋しみ

軒先の瓦のすきまの雀口三つの巣より雛のこゑを聞く

駅近のマンションに移るもくろみも不要不急とわらわら凋む

一家からひとりとすべくスーパーへ志願する夫銀髪なびかす

欲るものを言ひあふ昼餉汝は蕎麦を「家族日誌」の放映を吾は

耳元に真夜聞くニュース「廃炉まで四十四年」長いのだらうか

感染も被曝もせぬ手われの手は素手に触れ得て　その夜の夢に

公園の黒い桑の実あらはずにひとつぶ食べた夢の翌日

桑の実のほたりと落つる六月を満月あかくひくく渉れる

国境なき満月は出づ昨夜のまま赤銅色にニューヨークに出づ

雛落ちて死ねば電線に毛づくろひしをり失意は雀にもあり

スーパーの屋上より見るわが屋根に巣を懸けたのは蜘蛛われ雀

ＢＬＭ　Black Lives Matter

三角のわが住む屋根はお人好しすずめらの声に雀口開く

巣より堕ち三晩地上の幼鳥は今朝オリーブの枝まで飛べた

三椏の枝はY字のつづく道えらびえらびて蟻はのぼれり

溺れし日鳩落とす葉にすくはれて以来走れり蟻は急げり

イソップ寓話「ありとはと」

奴隷制度今をひきずるアメリカの原罪とあり人種差別は

偽札の所持容疑に捉まりてジョージ・フロイド殺さるポリスに

地に押さへつける光景いくどなく流されて来る五輪ではない

BLM、BLMとプラカード掲げて行進するもアメリカ

家族旅行のわれらを「シノワ」*と言ひ捨てし少年をりきフランスの地に

*仏語で中国人

逃げ水

逃げ水に浮きて歩めりマスクして日傘のをみなキャップのをのこ

ベニスへは海から入りしわれも今相模の国の陸封魚なり

やり過ごす車のヘッドライト浴び泛び上がりき幹とある夜は

小丘の木の間にかくるるハッシュタグ小さき鳥居が赤くいざなふ

草深き祠は農家の屋敷神きつねの夫婦が阿吽にまもる

エプロンの黄《きい》の花粉をいぶかしむ山椒の葉摘みに二分出ただけ

アマリリス雨戸繰るたび茎は伸び居間のテレビに映りこみたり

五月光まぶしき出窓に鯉の斑をちらす雄猫ゆつくり伸びをす

飲食《おんじき》の手にやはらかくちぎらむとオリーブ油入り麺麭を焼きあぐ

秋の谷川

日の陰の谷の水木を散る枯れ葉あるところから光となつて

川床についばみゐたるが翔びたちて黄のめくるめく葉を銜へたり

葉をキャッチするは抱くやう救ふやうそれは善きことと谷川の音

つれづれの戯れならめ秘蹟見せ飛び去りし尾はハクセキレイの

幹震ひぶるんと枝振りとほくへとどんぐり放つ　深山の秋を

拾ひたるおかめどんぐり一つ手に辿りつきたり母の櫟へ

去年の二月は

黄のダチュラ花の喇叭がときをつげ千枚目なるマスクを外す

空中権をうしなふ空に雷雨降る東京駅のドーム光らせ

黒まとひ気配を消せどなほ目立つウーバーイーツの運ぶバーガー

立ちのぼる硝煙とうめき両岸に抱き流るるドニエプル川

血液がうごく戦の備へとぞ去年の二月はまだ梅をかぐ

プーチンは決断をした引き返せまだ間に合ふと去年のバイデン

ロシア発ウクライナ発その場所に特派員が見聞きしたこと

地続きに交じり叛意も結束も起きては滅すスラブに永く

隠蔽の茂みのごとき画像なり衛星とらへし戦車砲弾の列

ガーゼと繃帯

頰闇に香をきはだたすジャスミンに鼻腔しめらせ繃帯を干す

明暗はしろきに生まるくるくると巻く繃帯にうちそとのあり

常備するガーゼと繃帯中段の赤い十字の箱にしまはる

葉がくれに橘月を夜がくる　ガザ地方にぞガーゼ生れき

乳吸はせやすきガーゼの織り糸は甘撚りにして産着のために

ガーゼそのスペルにZ一字あり鋭くひかり切るごとき文字

血を吸はせやすきガーゼを青空へかざせばよれた繊維見えたり

血を吸はせ傷をおさふる綿ガーゼとうに足りぬと衛生兵は

星空のテクスチャー

日覆ひの緑を窓にみちびけり唐ネズミモチ若き一枝を

樹勢つよきその一枝はドンバスの地名聞くころ白花咲かす

オデーサを銃もて自衛するこころ老いそむる男の膝当てに見つ

五芒星軍帽姿に写りたる戦地の父は老兵なりき

歩兵から鉄砲隊に転属す従軍画家はもう要らぬとき

墓石に水をそそげば星空のテクスチャー出づ指にふれよと

夏富士の裾野けぶれり自衛隊演習場に榴弾砲しきり

ウズベク帽子

高校の校庭にそふ細道にフェンスを濡らす時雨にあひぬ

薔薇の散るスカートの人形マトリョーシカソ連の旅に兄購ひくれき

ロシア旅行記『犬*が星見た』読みゆけばウズベク帽子売る店のあり

*武田百合子著

刺繍ほどこすウズベク帽子に馴染む父臙脂のチョッキと愛用したり

ランプの灯にじむごとくに露文あり言語修むるは火屋磨くこと

多和田葉子の新聞連載読む日々の切抜き多し侵攻とノベル

連載の始まる二月一日は庭の白梅白珠なりき

二階から見下ろす庭に白梅は小雪ともなり黒土に消ゆ

フリージア花茎曲がり咲き初めて空也が口に吹く阿弥陀仏

スギ花粉みちづれに降る三月の雨は苦しい細魚のいろに

まばたき

去りし席に陽射しが白くのこりゐて忘れ物よと声をかけさう

海山をめぐりさいごの車中なり脳《なづき》あたたかく灯りはじめる

帰京する街の光の駅まぶし半世紀かく眺め来たりぬ

旅をはる涯にいつも駅があり窪みかすかにベンチが光る

目を瞑り旅をおもへば地上絵を空の高みに見下ろすごとし

まばたきで焚火を消して永久にしつぬばたまの夜の他火といふ旅

時まはり

豆の莢ひらけばおもてよりも濃くゼレンスキーの深緑なり

ひとつぶの豆はそだちてゼレンスキー祖国の息子日々にけはしき

ユダヤ系ゼレンスキーは「非ナチ化」愚のきはまりと一蹴せしや

子を塾に送り待つとき観し映画「コルチャック先生」いま呼びおこす

ワルシャワゲットー孤児院院長コルチャック*八十一年前の夏を生く

*ポーランドの医師、作家、教育者。（1878〜1942）

収容所送りが迫る孤児たちへさいごの贈りもの「郵便局」*は

*タゴール作の戯曲

「郵便局」が禁書のゆゑんタゴールは死滅の海から不滅摑んで

安らぎて死にゆくオモル少年の「郵便局」を子らは演じき

時まはりが銅鑼に知らせる時とふは誰をもまたず永遠に過ぎ去る

花屋の娘シュダがおとづれ劇は終ふオモルのことをわすれなかつたと

桂の葉まるき葉さやぎ青空の切れ端どれもどれも弧もてり

木蔦延びリング状なすひとところダンクシュートに男の子らあかず

水溜り夕日にさざなみたててをり泥となりゆく時を満たして

あとがき

コロナ禍二年目の春に、虹を見ました。横浜の港から太く立ち上がる大きな虹でした。雨の後、雲間から陽光が差して現れた虹に光の作法を感じ、畏怖しつつ歌集の題名を『ひかりの作法』といたしました。

古来、人は光に関心を抱き虹の現象を解明してきました。文学においても光は重要なエレメントであり、師事する春日真木子先生は光をキーワードとする歌、光に由来する歌を多く詠んでいます。

　虹消えてふたたびひろき空のもとありありとわれのうしなひしもの

　さくら散る時間《とき》の光を曳きて散る　何の扉か開くやうなる　　春日真木子

光の介在により自然や宇宙との交感がなされた歌には、永遠が感じられます。こうした歌に一歩でも近づきたく思います。

本集は『カドミウム・レッド』に続く私の第二歌集です。二〇一一年から二〇二三年までの作品を選び新たに構成をしています。大きく変化する時代にとまどいながら作歌してきましたが、歌集に纏めることで私の思惟もいささかの輪郭を得たかと思います。今後もしっかりと現実を見つめて歌を作り続けてまいります。

春日いづみ「水甕」代表には本集も構成等に的確な示唆をいただき、また「水甕」叢書に加えていただきました。心より御礼申し上げます。共に学んでいる歌友は生涯の友ともなりました。その深交を感謝いたします。

角川『短歌』編集長の北田智広様をはじめ、ご担当の吉田光宏様には丁寧な編集をしていただき、大変お世話になりました。深く御礼申し上げます。装幀の小島真樹様にも篤く御礼申し上げます。

二〇二三年七月十二日

三枝むつみ

著者略歴

三枝むつみ（さえぐさ　むつみ）

1950年　長野県生れ。
1995年　「春日真木子短歌教室」に学ぶ。
1996年　「水甕」入社。
1999年　「水甕」奨励賞受賞。
2007年　共著『春日真木子101首鑑賞』出版。
2010年　第一歌集『カドミウム・レッド』（ながらみ書房）出版。
2012年　「水甕」水甕賞受賞。

「水甕」選者・編集委員。
現代歌人協会会員、日本歌人クラブ会員、十月会会員、横浜歌人会会員。

歌集　ひかりの作法《さはふ》

水甕叢書第919篇

初版発行　2023年9月13日

著　者　三枝むつみ
発行者　石川一郎
発　行　公益財団法人 角川文化振興財団
〒359-0023　埼玉県所沢市東所沢和田3-31-3
ところざわサクラタウン 角川武蔵野ミュージアム
電話 050-1742-0634
https://www.kadokawa-zaidan.or.jp/
発　売　株式会社 KADOKAWA
〒102-8177　東京都千代田区富士見2-13-3
電話 0570-002-301（ナビダイヤル）
https://www.kadokawa.co.jp/
印刷製本　中央精版印刷株式会社

落丁・乱丁本はご面倒でも下記KADOKAWA購入窓口にご連絡下さい。
送料は小社負担でお取り替えいたします。古書店で購入したものについては、お取り替えできません。
電話 0570-002 008（土日祝日を除く 10時～13時 / 14時～17時）
 ISBN978-4-04-884545-8 C0092